Inhalt

Fotoarchiv der Powerhouse Museum Collection.

Der Schnurrbart macht den Mann

Keine andere Haarmode ist so umstritten wie der Schnurrbart. Die modischen Ausformungen des Schnauzers innerhalb der Geschichte veranschaulichen die Frage nach dem Wesen der Männlichkeit an sich. Der Schnauzer wurde verehrt und verspottet gleichermaßen.

Ein Blick in die Geschichte zeigt uns: Die Blütezeit des Schnurrbartes lag zwischen 1850 und 1900, als er aus den Gesichtern feiner Herren nicht mehr wegzudenken war – als subtiler Hinweis auf standesgemäße Erziehung und vornehme Herkunft. Rudyard Kipling fasste es folgendermaßen zusammen: »Viktorianische Damen würden eher ein Ei ohne Salz verspeisen als einen Mann ohne Schnurrbart küssen.«

Im 20. Jahrhundert jedoch geriet der Schnauzer in der Oberschicht immer mehr in Vergessenheit. Je industrialisierter und technisierter man im Westen wurde, desto neuartiger interpretierte man das Thema Männlichkeit, und die Popularität des Schnurrbartes verebbte. In den 1940er- und 1950er-Jahren assoziierte man ihn mit Einfaltspinseln und Schurken – Hitler machte ihn nicht gerade populärer und Chaplin lud ihn noch dazu komödiantisch auf.
Für die anwachsende Mittelschicht versinnbildlichten nun glatt rasierte Gesichter die zunehmende Bedeutung nicht-körperlicher Arbeit und avancierten zum Inbegriff der Kultiviertheit. Das galt aber nicht für die Arbeiterschicht, so dass der Schnurrbart still und leise zum Merkmal von Arbeitern, Polizisten und Soldaten wurde.

In den späten 1960er-Jahren erlebte der Schnauzbart ein Revival bei Bildungsbürgern, als die dem Diktat der Natürlichkeit folgende Hippie-Mode die Gesichtsbehaarung wieder guthieß. Der Trend verstärkte sich, als nach den New Yorker Stonewall-Unruhen 1969 Schwule begannen, Flanellhemden, Jeansjacken, Stahlkappenstiefel und Schnauzer zu tragen – stolzes Statement und ironischer Verweis auf die Objekte ihrer Unterdrückung und Begierde: Arbeiter und Polizisten. In den 1980er-Jahren standen auch Idole wie Hulk Hogan, Freddie Mercury und Tom Selleck treu zum Schnurrbart, der aber verwirrte zusehends als zu schwul und gleichzeitig zu hetero – Merkmal eines hart arbeitenden Mannes oder tuntige Anspielung auf das männliche Genital? Dieses semiotische Rätselraten war den meisten zu vertrackt, weswegen der Schnauzer für 20 Jahre in der Versenkung verschwand.

Aber wo steht der Schnurrbart heute? Cool? Uncool? So daneben, dass er schon wieder hip ist? Andeutungsreich wie er ist, stößt der Schnauzer immer noch auf Zurückhaltung. Langsam aber sicher kehrt er zurück auf die Oberlippen modebewusster Männer. Männer, die genug Stil und Selbstbewusstsein haben, um das erotische Potenzial eines stattlichen Schnurrbartes zu erkennen, ohne ins plump Sexuelle abzudriften.

Ein Schnauzer ist ein widerspenstiges Biest und eignet sich nicht für jeden. Wie alle modischen Statements steht er dem einen besser als dem anderen. Ein blonder Schnurrbart erinnert weniger an die Freddie-Mercury-/Groucho-Marx-/Moderatoren- und Borat-Klischees, aber er macht meist auch weniger her als ein dunkler, dichter, stolzer Schnauzer. Im Gegensatz zu einem Bart, der eher ernsthaft und besonnen wirkt, muss der Schnurrbart mit lässiger Eleganz, ja Nonchalance getragen werden. Der Schnauzer verlangt Mut und Charakter, denn nichts ist schlimmer als ein unsicher präsentierter Oberlippenbart. Er muss gehegt und gepflegt, gestreichelt und aufgezwirbelt und mit Haltung präsentiert werden: »Ich trage einen Schnurrbart und ich bin ein Mann. Was auch immer das heißen mag.«

Illustration von Stephen Kelly

Züchte deinen eigenen

Sich einen Schnurrbart wachsen zu lassen, ist eine Geduldsprobe. Sei es als Charaktertest oder als Reise zur Selbsterkenntnis: Nur die wirklich Standhaften werden es schaffen.

Samuel Kenswil aus Los Angeles, fotografiert von Zachary Ramey

Rob aus London, fotografiert von Lee Roberts

Wie man sich erfolgreich einen Schnauzer züchtet ...

Rasier dich nicht. Der Bartwuchs ist zwar bei jedem Mann anders, aber in der Regel braucht man vier bis sechs Wochen, um sich einen Schnurrbart wachsen zu lassen.

★

Beginne mit dem Wachsen-Lassen an einem langen Wochenende oder in einem Urlaub, damit du danach einen halbwegs vorzeigbaren Bart hast.

★

Nach zwei oder drei Tagen Züchten suche nach kahlen Stellen, prüfe die Haardicke und die Wuchsrichtung, um über den geeigneten Stil nachzudenken.

★

Versuche, Anspielungen auf Pornostars und dumme Fragen wie »Lässt du dir einen Schnauzer wachsen?« zu ignorieren.

★

In der zweiten Woche wird es sehr jucken, weil die Haare beginnen, sich zu kräuseln. Bleib standhaft und verwende Feuchtigkeitscreme.

★

Am Anfang wird dein Schnurrbart wahrscheinlich widerspenstig sein, aber das legt sich, wenn die Haare länger werden und sich wieder glätten. Nun solltest du damit beginnen, die Barthaare von der Mitte nach außen zu den Seiten zu kämmen, damit sie in die richtige Richtung wachsen.

★

Widerstehe der Versuchung dich zu rasieren vier Wochen lang. Barthaare wachsen unterschiedlich schnell, warte also ab, was die Natur dir gegeben hat, bevor du dich für eine Stilrichtung entscheidest.

★

Das Haarwachstum lässt sich kaum beschleunigen, aber Gesichtsmassagen können helfen. Unerlässlich sind ausreichend Schlaf und das Vermeiden von Stress. Angeblich hilft der Verzehr von Rindfleisch und/oder Milch dabei, die Barthaare schneller wachsen zu lassen. Auch Nährstoffe wie Biotin, Vitamin A, B3, B6, B12, C und E können helfen.

*Giacomo aus Parma,
fotografiert von Richard Baker*

Hugh aus London,
fotografiert von Richard Baker

Peter der Große aus Russland erhob eine Steuer auf Männer mit Bart, aber nicht auf Schnurrbärte.

Welcher Schnurrbart passt zu dir?

Du lässt dir einen Schnauzer wachsen!
Gute Idee – aber welcher passt am besten zu dir?

Finde zuerst heraus, wie dicht und in welche Richtung deine Barthaare wachsen. Oft wachsen nicht genug Haare auf der Oberlippe, und es ist besser, sich erst einen kompletten Bart wachsen zu lassen, um dann die richtige Form für den Schnauzer auszuwählen. Beachte dabei folgende einfache Regeln:

★

Großes Gesicht: Großer, dichter Schnurrbart

★

Langes, dünnes Gesicht: Ein Bleistift-Schnauzer oder ein exakt geschnittener Kaiser-Schnurrbart

★

Große Nase: Ein mittlerer bis großer Schnurrbart, um die Nase optisch auszugleichen

★

Großer Mund/große Zähne: Pyramidenförmiger Schnauzer oder Zwirbelbart

★

Rundes Gesicht: Breiter, eckiger Schnurrbart

★

Eckiges Gesicht: Ein sanft geschwungener Schnurrbart, um die harten Linien abzuschwächen

★

Spitzes oder fliehendes Kinn: Eine Schnurrbart-Bart-Kombination. Zeichne im Zweifelsfall auf einer schwarz-weißen Fotografie von dir verschiedene Bartmodelle auf.

Anish Patel aus Los Angeles,
fotografiert von Zachary Ramey

Zwirbelbart

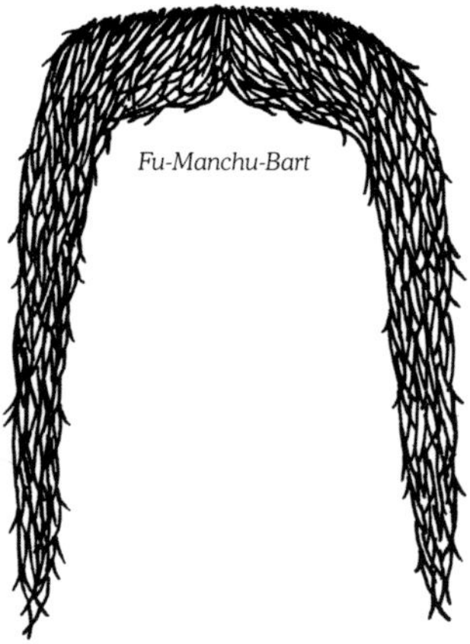

Fu-Manchu-Bart

Pyramidenschnauzer

Walrossbart

Lampenschirm-Bart

Kaiser-Wilhelm-Bart

Klassischer Schnurrbart oder Moustache

Malerbürste

Dalí

Slawenhaken

Zweifinger- oder Chaplin-Bart

Englischer, Strich- oder Clark-Gable-Bart

Adam aus Chicago,
fotografiert von Dave Mead

Pogonotrophie ist der wissenschaftliche Begriff für die Kultivierung von Gesichtsbehaarung.

Dennis aus St. Louis, fotografiert von Jay Morthland

Wissenschaftler der Universität von Tel Aviv haben nachgewiesen, dass Männer mit dünnen Schnurrbärten häufiger an Geschwüren erkranken.

Jay aus St. Louis,
fotografiert von Jay Morthland

Einige Tipps

★

Für die erste formgebende Rasur empfiehlt sich der Besuch bei einem professionellen Barbier. Ist die Kontur erst einmal geschnitten, lässt sich der Bart leicht in Form halten.

★

Leiste dir einen Wandspiegel mit Teleskoparm, damit du dich nicht über das Waschbecken beugen musst, um genug zu sehen.

★

Meide klebrige Speisen wie beispielsweise Frischkäse und hab immer ein Taschentuch zur Hand.

★

In einem Schnurrbart bleiben beim Trinken immer Tröpfchen hängen. Wer sich daran stört, kann sich eine Tasse für Bartträger kaufen, die mit einem Einsatz im Inneren die Haare von der Flüssigkeit trennt.

★

Getöntes Haarwachs kann gegen gelblich verfärbte Barthaare (Ingwerbart) helfen.

★

Genau wie bei den »Bad Hair«-Tagen gibt es auch Tage, an denen dein Schnurrbart nicht in Form zu bringen ist. Pfleg ihn wie immer und nimm es nicht zu schwer. Morgen wird wieder ein besserer Tag!

★

Wenn deine Freundin jemals will, dass du deinen Schnauzer entfernst, entferne die Freundin.

Hugo aus London,
fotografiert von Richard Baker

1936 fanden Forscher heraus, dass ein Spechtweibchen mit einem falschen Schnurrbart von einem Spechtmännchen wie ein Rivale attackiert wird.

Michael aus Chicago, fotografiert von Richard Baker

Laut dem American Mustache Institute liegt die Akzeptanz von Schnurrbärten in den USA zwischen 16 und 35 Prozent, in Deutschland dagegen zwischen 72 und 94 Prozent.

Schnurrbartpflege

Ein ungepflegter Schnauzer ist wie schmutzige Fingernägel oder schlechter Atem. Vermeide den ungepflegten Landstreicher-Look, aber übertreib es auch nicht mit der Pflege. Ein zu schnieker Schnurrbart erinnert zu sehr an die Fernsehserie »Major Dad«.

Bryan aus Puyallup, Washington, fotografiert von Dustin Garrett

Lee aus London, fotografiert von Lee Roberts

Stutzen

Wasch deinen Schnurrbart mit einem milden Shampoo und verwende eine Pflegespülung, das macht das Haar weich und glänzend. Spül beides gründlich aus, damit die Haut nicht austrocknet und schuppig wird. Tupfe deinen Schnauzer sanft trocken. Trockenföhnen ist nicht zu empfehlen.

★

Wichtig für einen ordentlichen Schnitt sind die Vorbereitungen. Kommt eine Schere zum Einsatz, sollte sie scharf geschliffen sein. Aber die meisten bevorzugen Langhaarschneider.

★

Da beim Schneiden viele Härchen fallen, empfiehlt sich das Badezimmer als Schneideort.

★

Rasier dich an den Außenlinien deines Schnurrbartes, dann stutze ihn mit der Außenklinge deines Rasierers.

★

Kämme dann mit einem Schnurrbartkamm die Barthaare gegen die Wuchsrichtung, bis sie abstehen. Bring jetzt mit der »Schere-über-Kamm«- bzw. »Haarschneidemaschine-über-Kamm«-Technik alle Haare auf dieselbe Länge und dünne den Bart aus. Arbeite dich von einer Seite zur anderen vor.

★

Vergiss nicht, dass nasses Haar länger ist, um den Bart nicht zu kurz zu schneiden!

★

Jetzt kämme deinen Bart in die normale Richtung und schau, ob der Schnurrbart an beiden Enden gleich lang ist. Zuletzt säubere die Enden mit der Haarschneidemaschine.

Byron »Bongo« aus Hollywood, fotografiert von Richard Baker

Die alten Ägypter assoziierten Bärte mit der sexuellen, religiösen und sozialen Macht des Monarchen.

Ben »Derben« aus Berlin, fotografiert von Richard Baker

Die Amish halten den Schnurrbart für ein Zeichen aggressiver Männlichkeit und tragen deswegen volle Bärte ohne Schnauzer.

In Form bringen

Abhängig von Form und Stil deines Schnurrbartes stylst du ihn vielleicht mit Haarwachs oder einer Kombination aus Wachs und Haarspray. Wachse auf Petroleumbasis lassen sich manchmal schwer auswaschen, Geschirrspülmittel kann dann helfen.

★

Wenn sich der Bart mit dem Wachs nicht in Form bringen lässt, föhne ihn, bis das Wachs schmilzt.

★

Halte anschließend die Spitzen des Schnurrbartes in die gewünschte Position, bis das Wachs wieder ausgehärtet ist.

★

Wenn nur ein paar Barthaare abstehen, reicht Pomade. Auch Lippenbalsam aus Bienenwachs kann verwendet werden.

★

Wenn du kein Wachs benutzt, verwende für die Weichheit von Haaren und Haut eine Feuchtigkeitscreme.

★

Vergiss nicht: Pflege, was du hast – nicht was du gerne hättest.

★

Wenn du fertig bist, wirf dich in einen Anzug und einen Blick in einen Ganzkörperspiegel. Gepflegte Kleidung ist unerlässlich, wenn man seinen neuen Bart bewundert.

*Amir aus Maschhad im Iran,
fotografiert von Amir Hossein Keihani*

Sean aus New York, fotografiert von Richard Baker

Mark aus Buxton in Derbyshire, fotografiert von Richard Baker

Alle Delfine werden mit einem Schnurrbart geboren, der ihnen hilft, ihre Mutter während des Stillens zu lokalisieren. Nach ein paar Tagen fallen die Tasthaare ab.

Jay aus St. Louis,
fotografiert von Jay Morthland

Professionelle Schnauzbärte

Die Bart- und Schnurrbart-WM kennt sechs offizielle Stile. Bei allen, bis auf den natürlichen Stil, sind Hilfsmittel wie Haarwachs, Haarspray und Stylingprodukte zugelassen.

Natürlich: Ein ohne Hilfsmittel in Form gebrachter Schnurrbart

★

Englisch: Ein dünner Strichschnurrbart, ausgehend von der Mitte der Oberlippe mit extrem in die Länge und zur Seite gezogenen Haaren. Hilfsmittel sind erlaubt

★

Dalí: Ein langer, dünner Schnurrbart, dessen Spitzen zur Seite abstehen oder nach oben gebogen sind. Hilfsmittel sind erlaubt

★

Kaiser-Wilhelm-Bart: Ein kleiner, buschiger Schnurrbart bis zum Ende der Oberlippe, dessen Spitzen nach oben zeigen

★

Ungarisch: Ein großer und buschiger Schnauzer, bei dem das Haar 1,5 cm über das Ende der Oberlippe reicht und dessen Spitzen zur Seite gebogen werden

★

Freestyle: Alle Schnurrbärte, die in keine andere Kategorie passen

Lee aus London,
fotografiert von Lee Roberts

Wie nennst du deinen Schnurrbart?

Moustache

Schnauzbart

Schnauzer

Oberlippenbart

Oliba

Schnorres

Bürste

Pornobalken

Respektbalken

Schenkelbürster

Rotzbremse

Popelfänger

Nudelsuppenfilter

Oberlippenspoiler

Hipsterpullover

Lippenspinat

Monger aus Santa Fe,
mit freundlicher Erlaubnis
von themonkeytail.com

Von oben im Uhrzeigersinn: Snyders (2 x) aus San Francisco, fotografiert von David Gallagher.

Butterscotch aus Portland, fotografiert von Pete Harrison

Felix aus Quebec, fotografiert von Vincent Roth

Der Schnurrbart in Kunst und Design

Nachdem der Schnurrbart wieder in Mode kommt, taucht die Schönheit seiner einfachen Form auf nahezu allen Gegenständen wieder auf – von T-Shirts bis hin zu Tassen – und löst sogar die Schwalbe als Symbol der Hipster-Generation ab. Auf den folgenden Seiten finden sich einige der besten Modelle:

Stofftasche »Mr. Moustache«
von Sirena con Jersey
www.sirenaconjersey.com

Schnurrbart-Kette

von Tatty Devine

www.tattydevine.com

Schnurrbart-Taschentücher

von Avril Loreti

www.etsy.com/shop/avrilloreti

Salz- und Pfefferstreuer

von Jennifer Mortenson

www.etsy.com/shop/paperdollwoodshop

Babymobile »Mr. Moustache«

von Jäll & Tofta

www.jaellundtofta.de

Silberring »Incognito«

von Melanie Favreau

www.supermarkethq.com/product/incognito

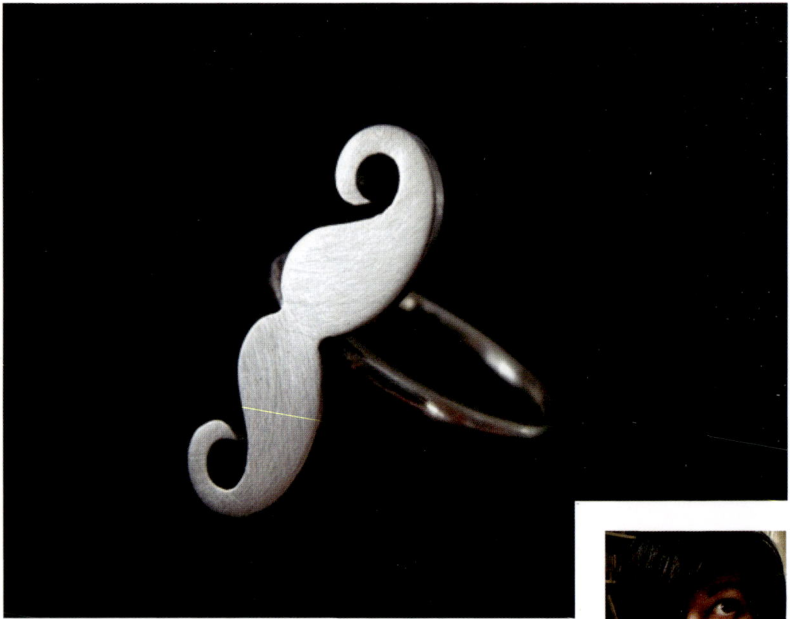

Schnurrbart-Haferl

von Peter Ibruegger

www.peteribruegger.com

Schnurrbart-Licht

von Studio Greiling

www.katringreiling.com

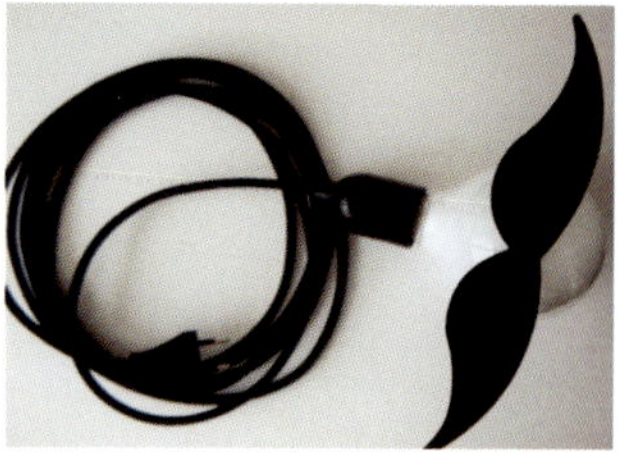

Hundespielzeug
von Humunga Stache
www.muttropolis.com

Schnurrbart-Typografie

von Amaia Arrazola

Flaschen-Bart

von Flatlab Design

www.flatlabdesign.com

Typografische Bärte

von Katie Anderson

Stencil

Baskerville

Comic Sans

Helvetica

Futura

Chalkboard

Cochin

Impact

Aubury

TATA-Druck

www.onemustdash.com

Bastle dir eine Schnurrbart-Attrappe

Wenn du dir aufgrund geschlechtlicher oder follikularer Gründe keinen eigenen Schnurrbart wachsen lassen kannst, hier ein paar Wege, wie du dennoch einen mächtigen Schnauzer zur Schau stellen kannst.

Gestrickter Schnauzer und Bart

von Oyunga

www.ongidesign.co.uk

Materialien

- Zwei 50-Gramm-Knäuel vierlagiger Wolle
- Stricknadeln
- Stopfnadel
- Polyester-Füllmaterial für Kuscheltiere
- 60 cm durchsichtige, elastische Schnur

Anleitung

1. Stricke einen rechteckigen Streifen von circa 12 x 4 cm (Figur a). Das wird der Schnurrbart.
2. Stricke eine dreieckige Form von 12 cm Durchmesser und 5 cm Höhe (Figur b).
3. Stricke nun viele kurze Wollstränge von circa 4 cm Länge und knote diese an das Dreieck. Das wird einige Zeit dauern, aber bald gewinnt der Bart an Form (Figur c).
4. Um den Schnurrbart fertig zu machen, falte das dreieckige Stück in der Mitte und näh es zusammen, aber lass eine Öffnung im Zentrum.
5. Drehe den Stoffschlauch auf links und stopfe ihn mit dem Füllmaterial aus. Nähe danach die Öffnung zu (Figur d).
6. Nähe jetzt die Mitte des Schlauches herunter, um einen Schnurrbart zu formen (Figur e).
7. Jetzt werden Schnauzer und Bart zusammengenäht.
8. Befestige jetzt ein Stück elastische Schnur, das von Ohr zu Ohr um deinen Kopf passt, am Strickbart (Figur f). Und jetzt: Zeig Haar!

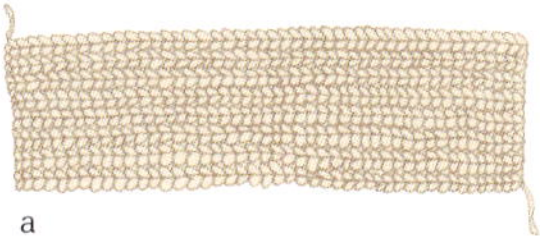

a

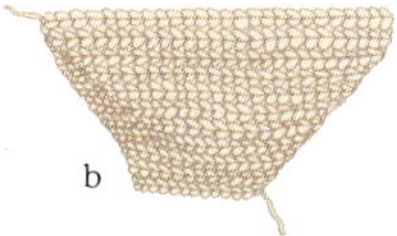

b

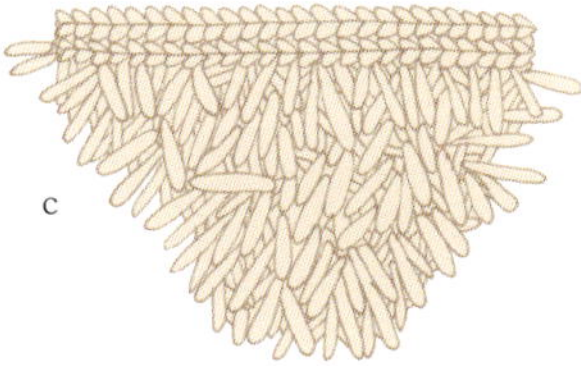

c

d

e

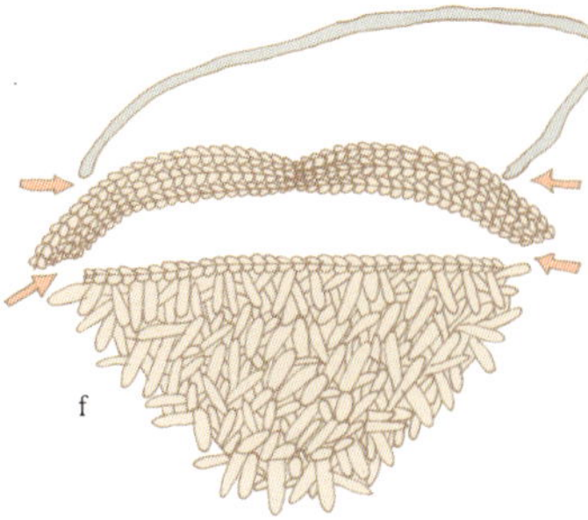

f

Gehäkelter Schnauzbart
von Jessica Polka
www.jpolka.etsy.com

Materialien
- Häkelnadel (4,25 mm)
- Kammgarn
- Stopfnadel

Fähigkeiten
- Luftmaschenkette
- Kettmasche
- Einfache feste Maschen
- Maschen zunehmen
- Maschen abnehmen
- Ganzes Stäbchen

Anleitung

1. Lass einen 30 cm langen Garnstrang übrig, wenn du die erste Kettmasche häkelst. Damit wird zum Schluss der Schnurrbart zusammengenäht.

Reihe 1: Eine Kette von 10 Luftmaschen anschlagen. Dann in die erste Masche hineinstechen und eine Schlaufe formen (10 Maschen in dieser Reihe).
Reihe 2: Drei ganze Stäbchen, dann zwei feste Maschen, danach drei Maschen in die Vorreihe häkeln, dann zwei feste Maschen. So erreicht man eine gekrümmte Form. (10)
Reihe 3: Das gleiche Muster wie in Reihe 2. (10)
Reihe 4: Wie Reihe 2, aber weiterhin die letzten beiden Maschen in die Vorreihe stechen anstatt einer festen Masche. (10)
Reihe 5: Die ersten drei Maschen in die Vorreihe häkeln, dann drei ganze Stäbchen, danach feste Maschen in den beiden verbliebenen Maschen. (10)
Reihe 6: Genau wie Reihe 5. (10)
Reihe 7: Die ersten drei Maschen in die Vorreihe häkeln, dann die nächsten beiden Maschen abnehmen und zu einer zusammenhäkeln. Drei Maschen als ganze Stäbchen, dann wieder die letzten beiden Maschen abnehmen. (8)
Reihe 8: Die ersten drei Maschen in die Vorreihe häkeln. Die nächsten zwei Stiche abnehmen und zu einer zusammenhäkeln. Ganzes Stäbchen bei den nächsten drei Maschen. (7)
Reihe 9: Als erstes eine einfache feste Masche. Dann zwei Maschen abnehmen und zu einer zusammenhäkeln. Dann wieder eine einfache feste Masche, dann wieder eine abnehmen. Die Reihe mit einer festen Masche abschließen.
Reihe 10: Zwei Maschen abnehmen. Dann zwei feste Maschen. (4)
Reihe 11: Zwei Maschen abnehmen. Mit einer festen Masche enden, dann das Garn abschneiden. Arbeite das Ende des Fadens so in die Häkelarbeit ein, dass man es nicht mehr sieht.

2. Jetzt ist die erste Hälfte des Schnurrbartes fertig! Wiederhole nun das Ganze für die andere Hälfte und nähe die beiden Hälften dann mit einer Stopfnadel zusammen. Dabei Reihe an Reihe arbeiten, um die Schnurrbartform zu erreichen.

Anleitungen für Kringel, Schleifen und für die beiden anderen Schnurrbärte gibt es unter: www.jpolka.etsy.com.

Schnurrbart am Stock

von Stacy Scherf Dieterlen
www.oliveloafdesign.com

Materialien

- Tapetenkleister (wer sehr geschickt ist, kann auch seine eigene Pappmaché-Masse herstellen)
- Kleine Schüssel mit Wasser
- Ein 30 cm langer und 0,5 cm dicker Holzstab
- Allzweckkleber
- Sehr feines Sandpapier
- Acrylgrundierung
- Schwarze, braune oder eine andere Acrylfarbe
- Klarlack oder Serviettenkleber

Anleitung

1. Mit dem Tapetenkleister und Papierfetzen eine kleine Menge Pappmaché anrühren, die anschließend in die gewünschte Schnurrbart-Form modelliert wird – siehe Seiten 14 und 15 zur Inspiration.

2. Mit feuchten Fingerspitzen oder einem Pinsel die Außenlinien abrunden und Risse glätten. Je exakter jetzt gearbeitet wird, desto weniger muss man nach dem Trocknen schmirgeln.

3. Nun den Holzstab vorsichtig in die linke Seite des Bartes stecken (bei Linkshändern in die rechte!).

4. Einige Tage trocknen lassen. Wenn es schneller gehen soll, dann den Bart im Backofen auf niedrigster Temperatur trocknen. Dabei den Holzstab aus dem Ofen herausragen und die Tür geöffnet lassen. Immer wieder 10 bis 15 Minuten auf niedriger Temperatur trocknen, dazwischen abkühlen lassen, bis die Masse trocken ist. Beim Ofentrocknen den Bart gut im Auge behalten!

5. Nun den Bart abschmirgeln. Wenn sich der Holzstab beim Trocknen gelöst hat, den Stab mit Allzweckkleber wieder befestigen.

6. Den Bart mit Acrylgrundierung für den Anstrich vorbereiten. Dann die gewünschte Farbe in mehreren Schichten auftragen und mit Klarlack oder Serviettenkleber versiegeln. Dabei jede Schicht gut durchtrocknen lassen, bevor die nächste aufgetragen wird. Et voilà!

Kopiere diese Seite und schneide einfach die Schablone entlang der gestrichelten Linien aus, um dir einen Papierschnurrbart zu basteln.

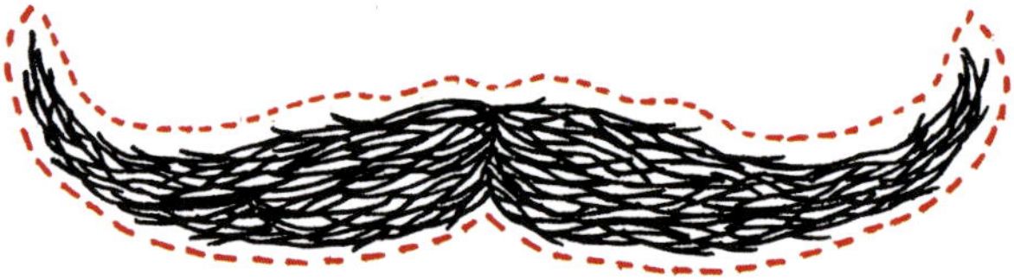

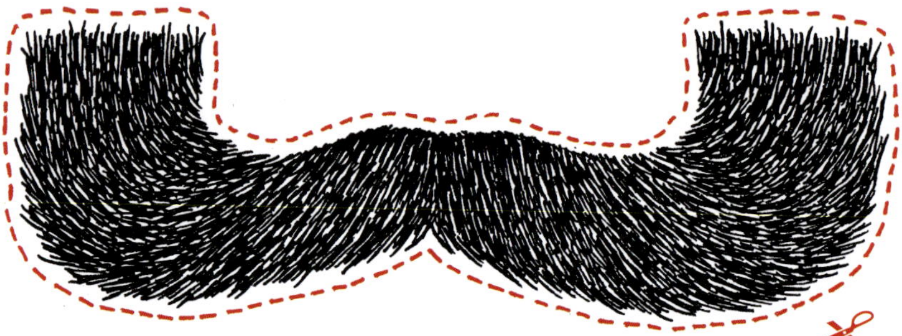

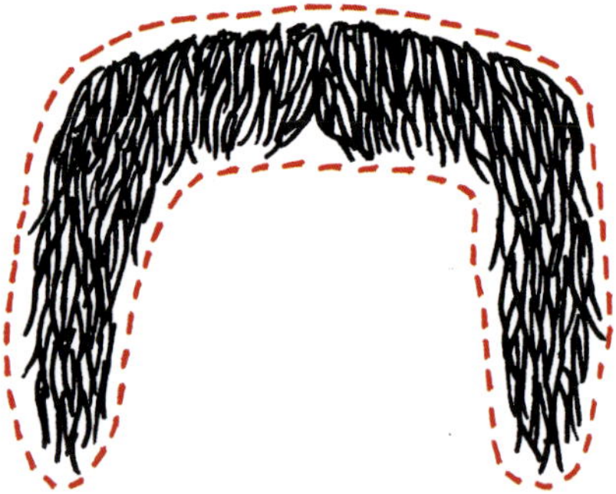

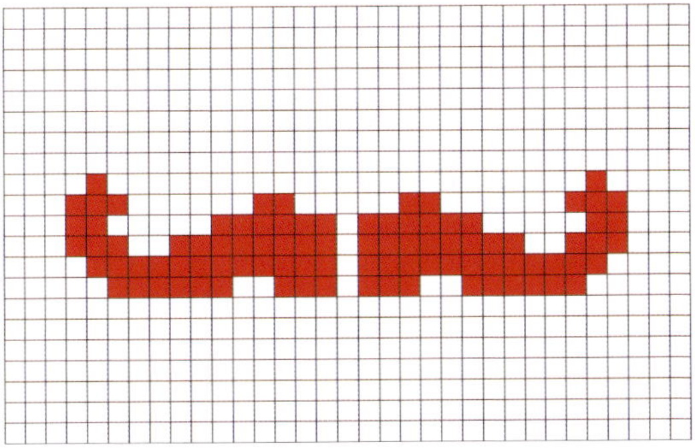

Dieses Schnurrbart-Strickmuster kann mit der Intarsientechnik, die in vielen Stricklehrbüchern und Strick-Websites beschrieben ist, in jedes Strickprojekt eingearbeitet werden.
Emily B. Miller, standardd.net

Benjamin aus Los Angeles, fotografiert von Dave Mead

10 weitere Gründe für einen Schnurrbart

Du kannst beim »Movember« – einem Moustache-Event jedes Jahr im November – dabei helfen, Spenden für die Gesundheit von Männern zu sammeln.

★

Frauen finden Männer mit Schnurrbärten unwiderstehlich. Ähnlich wie beim Geweih von Hirschen und Elchen wird der stattliche Schnauzer eines Mannes die Damenwelt erobern.

★

Ein Schnurrbart erhöht den Genussfaktor alkoholischer Getränke, weil du mit ihm einzelne Tropfen bedächtig nachschmecken kannst.

★

Du kannst an der Bart-WM teilnehmen – dem wichtigsten Ereignis im Bereich der Gesichtsbehaarung.

★

Er wird dich männlicher machen. Und zwar um 25 Prozent.

★

Kein Schnurrbart gleicht dem anderen. Struktur, Farbe und Form sind stolze Indikatoren deiner Einzigartigkeit.

★

Er verleiht deinem Gesicht mehr Fülle und akzentuiert einzelne Merkmale wie Wangenknochen oder Kieferlinie.

★

Ein Schnurrbart verleiht selbst den verzagtesten Männern Gewicht und Autorität.

★

Ein Schnauzer hält im Winter deine Nase warm.

★

Du kannst dich mit anderen Bartträgern zusammenschließen und dich in Überlegenheitsgefühlen gegenüber den rasierten Massen ergehen.

Vielen Dank an alle Fotografen, Illustratoren, Models und Designer, die zu diesem Buch beigetragen haben. Insbesondere danke ich Lee Roberts, Zachary Ramey, Jay Morthland und vor allem Richard Baker von www.bakerpictures.com, der ein fantastisches Fotoshooting in Hackney organisiert hat.

Titel der Originalausgabe: *The Inspirational Moustache*
Erschienen bei Cicada Books Limited, London

Deutsche Erstausgabe

Ein Unternehmen der La Martinière Groupe

Übersetzung: Verena Küstner, Schwaig
Satz: VerlagsService Dr. Helmut Neuberger &
Karl Schaumann GmbH, Heimstetten
Druck: Print Consult, München
Printed in the EU

ISBN 978-3-86873-450-8

www.knesebeck-verlag.de